——图说温州民歌

编著：陈泳　李婷婷

中国文联出版社
http://www.clapnet.cn

图书在版编目（CIP）数据

乡音遗韵 : 图说温州民歌 / 陈泳, 李婷婷编著. -- 北京 : 中国文联出版社, 2021.1
ISBN 978-7-5190-4386-5

Ⅰ. ①乡… Ⅱ. ①陈… ②李… Ⅲ. ①民歌—文学研究—温州 Ⅳ. ①I207.72

中国版本图书馆 CIP 数据核字(2021)第 013902 号

乡音遗韵：图说温州民歌

编　　著：陈　泳　李婷婷

终 审 人：姚莲瑞　　复 审 人：卞正兰
责任编辑：陈若伟　　责任校对：金诗洁
封面设计：滕伟忠　　责任印制：陈　晨

出版发行：中国文联出版社
地　　址：北京市朝阳区农展馆南里 10 号，100125
电　　话：010-85923053（咨询）85923000(编务）85923024（邮购）
传　　真：010-85923000（总编室）010-85923025（发行部）
网　　址：http://www.clapnet.cn　　http://www.claplus.cn
E - mail：clap@clapnet.cn　　chenrw@clapnet.cn

印　　刷：温州市北大方印务有限公司
装　　订：温州市北大方印务有限公司
本书如有破损、缺页、装订错误，请与本社联系调换

开　　本：787×1092　　1/16
字　　数：31 千字　　印 张：4.25
版　　次：2021 年 1 月第 1 版　　印 次：2021 年 1 月第 1 次印刷
书　　号：ISBN 978-7-5190-4386-5
定　　价：48.00元

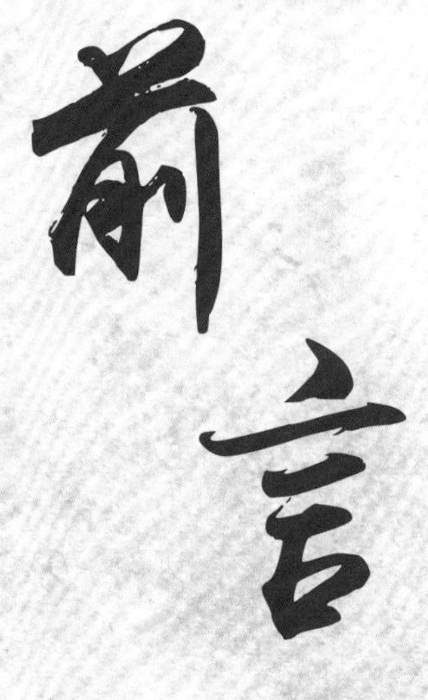

温州非物质文化遗产资源丰富，种类繁多。这些非物质文化遗产，是瓯越文化生生不息的根脉，更是传统文化源远流长的精髓，其中最具代表性的是温州民歌。温州民歌历史悠久，具有浓厚的地方特色，它运用温州方言，赞美颂扬美好事物、嘲笑鞭挞丑恶现象，并直接反映了温州民间的风土人情、生产劳动、爱情婚姻、日常生活等。例如广为流传的乐清民歌《对鸟》，内容极具地域特点，是百姓口头创作和代代传唱的非物质文化遗产，弥足珍贵。

在内容上，本书首次汇集了温州12个县市区的代表性民歌，涵盖面广，而且歌曲的内容还蕴含了地理、人文以及民俗文化等方面的知识，是一本充满浓郁乡土气息的地方课教材。在教学实践中，我们将把音乐课程与地方课程完美融合，通过优美的旋律和悦耳的歌声，激发学生学习兴趣，使温州传统文化的传承变得生动有趣。

孩子是祖国的未来，更是保护与传承非物质文化遗产的重要力量！本教材的主要受众群体是中小学生，希望借助本教材的出版与推广，在中小学生群体中广泛传唱地方民歌，唤起更多人去重视、抢救、保护和弘扬非物质文化遗产，使温州非物质文化遗产不断得以传承与发展。

目 录

温州民歌概况

咏温州

［宋］杨蟠

一片繁华海上头，从来唤作小杭州。
水如棋局连街陌，山似屏帏绕画楼。
是处有花迎我笑，何时无月逐人游。
西湖宴赏争标日，多少珠帘不下钩。

温州文化属“瓯越文化”，使用的语言属于吴语，但又和吴方言区的其他语言不同，温州话是中国最难懂的方言。温州还是中国南戏的发源地。其下辖地区有：鹿城、龙湾、瓯海、洞头4区，瑞安、乐清、龙港3市（县级）和永嘉、平阳、苍南、文成、泰顺5县。

小贴士

温州民歌的历史变迁

- 夏朝时——瓯越先民在劳动中产生原始音乐。
- 公元前192年——驺摇受封东瓯王，温州由于其特殊的地理环境和民风习俗，因此出现了大量的娱神歌舞。
- 隋唐时——温州歌舞之风颇盛。
- 公元1132年——温州设市舶司，成为国内外来往通商的要道。市井出现了大量的歌谣、里坊小曲和舞蹈。

瓯越大地，人文历史悠久，曾出现过几次大规模的人口迁徙以及海外贸易开拓等，不仅促进了温州社会经济和商业的发展，也提高了人们对于文化生活的要求。得天独厚的历史地理环境造就了独特的瓯越文化和艺术。

每当节日集会时，人们便成群结队地来到郊外或街头，手牵着手，载歌载舞。元朝文人林泉生在《重建思远楼记》中记载，宋元时的温州西山下会昌湖中，经常出现“舟艇各出芰莲中，擢歌相应和……渔歌樵唱相往来，应答于空濛杳霭间”的动人场景。

温州民歌的种类

温州民歌种类繁多，分布面很广，大多起源于人们的劳动生活中，每个县市区都有属于自己的地方民歌。广大的田野平原，巍峨的高山峻岭，开阔的江河海面，偏僻的海岛山岙，都是民歌演唱的场所。如牧童在山上牧牛时唱的“山歌”，农民在田里耕田时唱的“田歌”，船工在江上行船时唱的“船歌”，渔民在海上捕捞时唱的“渔歌”等，都是人民群众在不同的地点演绎的不同民歌。

山　歌

每逢元宵节，儿童结伙踏歌，一唱百应。遇别伙歌者，与之较胜，谓之撞歌。

——［明］姜准《岐海琐谈》

温州农村自古以来就有对山歌的习俗，当地把这种形式叫做“撞歌”。温州山歌，文字质朴，旋律优美，节奏平稳、舒畅，带有很强的抒情性，给人以强烈的情绪感染，从而塑造出不同的音乐形象。其曲调有两种类型：一种悠长缓慢、优美纯朴，节奏比较自由而多变化，如一些问答式山歌，是典型的起承转合型的四句体曲式结构，有些山歌在歌尾加衬词，可以自由延长，如乐清的《对鸟》；另一种明快活泼，高低起伏的旋律表达出歌唱者各种不同的情绪，此类大多为叙事性山歌，其多由短句组成，如鹿城的《叮叮当》。

田 歌

温州的田歌是温州民歌的重要组成部分。每当五月播种季节来临，浙南大地上，农民一边播种，一边引吭高歌。田歌大多为即兴编唱的三拍子单乐句，结构简单，节奏自由，有着浓郁的山乡特色，盛行于永嘉、平阳、瑞安一带。不论抒情或叙事，田歌一般都是上下句单乐段不断重复，七言四句、六句不等。一位优秀的田歌手能即兴编词，自由发挥，同时还能点缀上装饰音并唱上几十次，给人以纯朴、新鲜的感觉。

船歌 渔歌

温州的船歌、渔歌丰富多彩，通常是在船工出海、捕鱼劳作、渔家喜庆节日中唱响，青年男女、渔夫、渔姑们以此相互对歌、娱乐。其歌词内容多样，有歌颂大自然的，曲调优美动人；有歌唱渔船满载而归的，曲调明快欢乐；有控诉旧社会船工痛苦生活的，曲调低沉忧伤。

温州民歌丰富多彩、源远流长，有着悠久的历史和优秀的传统，是劳动人民智慧的结晶，是我国传统文化中的一份宝贵遗产！

鹿城篇

鹿城晚眺

[宋] 林景熙

古城仙鹿远，百感赴斜曛。
海气千年聚，山形九斗分。
神鸦饥吸蘚，宰木蠹藏云。
何处鸣钲发，春屯又易军。

鹿城，是温州市的政治、经济、文化中心，依山面江，城中有山有水，享有“江城如画”的美誉。自古商贾云集，素有“东瓯名镇”之称。

小贴士

白鹿传说

相传东晋太宁元年（323），著名学者郭璞在山上选址建造温州城，百姓盖房子时总是垒不起来，人们尝试了很多的方法都不行。后来有一只白鹿口衔鲜花，奔跑绕城而过，所到之处祥云腾飞，一片鸟语花香，而后人们终于盖起了房子，开心长久地在这里生活了下去，这便是温州城又称鹿城或白鹿城的由来。郭璞选址建造温州城时所站立的山头，便被人们取名为郭公山。

鹿城区代表性民歌《叮叮当》

叮　叮　当

1=D $\frac{2}{4}$　　　　　　　　　　　　　　　　　　　鹿城民歌

小慢板

6 2̇ 2̇ | 1̇ 6 6 | 6 2̇ 2̇ | 1̇ 6 6 | 6 2̇ 1̇ 2̇ | 1̇ 6 6 | 5 5 5 6 | 1̇ 6 6 |

叮叮当 啰 来，叮叮当 啰 来，山脚门外 啰 来，啰啰啰来，孤老堂，

6 6 6 6 | 6 6 2̇ | 1̇ 6 6 | 6 2̇ 1̇ 2̇ | 1̇ 6 5 | 6 5 ‖

松台山里仙人井 啰 来，妙果寺里猪头钟 哦 咋。

《叮叮当》是温州民歌的代表作之一。其曲调形式属撞歌，距今有200多年的历史。它最初以牧童山歌的形式流传于温州市区西山、水心一带，没有音乐性。后在流传过程中渐渐形成其特有的曲调。

《叮叮当》为单乐段曲式结构，曲调优美，节奏轻快。全曲以中速进行，运用从容的2/4节拍，节奏既平稳规整，又轻快活泼、富有动感，以上行小四度（62̇）音和下行小三度（1̇6）音的级进反复出现，给人以旋律明快欢乐的感觉。撞歌离不开伴唱，多用“啰啰来”“哦咋”等衬词做伴唱和声，以衬托人多势众、一唱众和、声势浩大的场面，充分反映了温州人豪爽大气、乐观开朗的性格。《叮叮当》歌词只有短短四句，但真正的歌词却只有三句，其内容涉及温州市区的山脚门、松台山、仙人井、妙果寺、猪头钟等地方和景物，文字质朴，曲调活泼，节奏整齐，旋律流畅，表达了人们对故乡山水的热爱和自豪，用温州方言演唱时，离乡背井的游子听了，更是倍感亲切。

歌曲小知识

山脚门

俗称三角门，即来福门，位于温州城西南角，最早被称作三角门，因其所处古城池的三角地而得名。当时乡下农民将自己制成的咸菜通过温瑞塘河，用小船儿送到山脚门外，一路担，一路卖，走遍城内大街小巷。后来人们认为“山脚门”不雅致，就改为“来福门”，寓意“福星高照，幸运尽来”。

小贴士

温州古城“七大门”溯源

东晋明帝太宁元年（323），著名学者郭璞，采取依江、负山、通水的原则进行选址营造，设计了东庙、南市、西居和北埠的城池布局，形成“门前流水、户限系船、花柳饰岸、荷渠飘香”的江南水城特色。根据城内外九座山头的不同方位，建城过程中在四周筑起七座城门，这就是历史上“七大门”的由来。

松台山

又称净光山，温州市内九山之一，位于旧城西南角，因唐代高僧宿觉禅师葬于此地，又名宿觉名山。该山山坪如台，苍松林立，故称松台山。

仙人井

位于松台山顶的台基旁边，相传唐时宿觉大师曾在松台山修道，一直饮用此井之水。仙人井是温州“二十八宿井”之一，又称上井。下井在松台山东麓，现在被围于广场中央喷水池内。

小贴士

“二十八宿井”的小故事

据《温州府志》（明弘治版）记载，郭璞选址温州城时，按照天上二十八星宿相应位置开凿了二十八口井，并在城旁选择地形，依山筑造水井，以求“天长地久，水源不断”的好兆头。井水既可供城里居民饮用，又可作防备战争和防火之需。“二十八宿井”距今已经有1600多年的历史，是温州历史最直接的见证。

猪头钟

相传宋神宗元丰年间，妙果寺来了一名挂单僧人。此僧看起来愚钝，然而谈吐不凡。过了几个月，此僧将化缘得来的钱全部买了猪头，拿回寺中食用。他又是吃酒又是吃肉，甚是放肆。直到有一天，这名僧人扛着锄头到寺旁一空地掘了一口井，将吃剩的猪头骨全部扔进井中，并用大石头压盖，涂上泥土封存起来。之后对人宣称：“我用多年募集的钱财铸了一口钟，七七四十九天之后，会在此出现。”此后这名挂单僧人就不见踪影。

过了一个多月，井内果然出现一口钟，细看那钟钮，竟是两个猪头合拢在一起的样子，众人无不惊讶，于是就叫它“猪头钟”。

风景名胜

江心屿

“江亭有孤屿，千载迹犹存。”李白的这两句诗写的就是江心屿，虽然这只是一个小岛，但它却与鼓浪屿、东门屿及兰屿并称中国四大名屿。

小贴士

江心寺逸事

江心寺位于温州瓯江中游的江心屿上，被称为“禅宗六刹”。始建于唐咸通七年，寺庙临江而立，庙宇宏伟庄严、富丽堂皇，自唐代就有“江天佛国”之美誉。江心寺山门两旁有一副叠字联为温州南宋“状元郎”王十朋所题，这副“千古绝对”据说有十一种读法，至今无人能够参透。

相传当年王十朋进京赶考路经江心寺，江心寺住持存心刁难，让王十朋以“云”和“潮”为对作一副对联，才准他留宿，不然就要赶他走。王十朋想了一会儿，拿起笔写下：“云朝朝朝朝朝朝朝散，潮长长长长长长长长消。”住持看后很生气，觉得无法读通。王十朋便作解释：“云，朝潮，朝朝潮，朝潮朝散；潮，常涨，常常涨，常涨常消。”这副叠字联生动描绘了浮云聚散、潮水涨落的奇特景象，营造了一种朦胧的美感。

朱自清旧居

位于鹿城区四营堂巷，建于清晚期，是典型的扬州民居“三合院”建筑。它还是爱国主义教育基地、小公民示范基地，并于2006年被列为国家级文物保护单位，现作为名城保护的历史街区景点对外开放。

五马街

古称五马坊，系温州旧城古街道之一。现为温州市标志性购物步行街，中国著名商业街。1999年被命名为国家级“百城万店无假货”示范街。

音乐课程教学建议

教学目标

一、学唱鹿城民歌《叮叮当》，并尝试用温州方言演唱。

二、了解温州撞歌及其特点，并能融入到歌曲的演唱中。

三、了解鹿城古城风貌、民俗风情等，增进学生对家乡的了解，激发学生热爱家乡的情怀。

教学建议

一、导入

教师用方言示范演唱《叮叮当》，并提问：这首歌曲是用什么语言演唱的？唱了什么内容？

二、歌曲学唱

1. 教师出示歌曲中出现的景物图片，并提问：歌曲中出现了很多鹿城非常有标志性的地名景物，你能根据歌词，按顺序找出来吗？

2. 教师揭晓正确顺序，并逐一进行介绍。

3. 教师结合图片，运用跟唱法引导学生熟悉歌曲。

4. 出示完整歌谱，学生张嘴默唱，并思考歌词的最大特点，引导学生发现衬词的运用。

5. 教师介绍温州撞歌及其特点。

6. 结合温州撞歌“一唱众和”的演唱形式，师生合作进行练唱，并重点指导学生在一字多音、倚音及滑音等难点处的演唱。

7. 整合歌曲。

三、民俗风情简介

教师可结合本书内容，根据实际教学情况，向学生展示温州古城风貌及小贴士等内容，增进学生对家乡的了解。

四、拓展延伸

引导学生自主即兴创编、表演现场版鹿城民歌《叮叮当》。

龙湾篇

板障潭

[明] 张璁

绝壁抱深清，波流长弥弥。

足以纳千涧，一决乾坤洗。

龙湾区，位于瓯江下游，东海之滨，因其坐落于“温之龙”尽处的“海之弓”地段而得名，其含义为“蟠龙般的海湾”，早在新石器时代就有先民在此繁衍生息。龙湾自古便是温州地区的鱼米之乡，拥有全国重点文物保护单位永昌堡、市级爱国主义教育和国防教育基地龙湾古炮台、距今四五千年历史的龙岗山遗址、建于唐朝的国安寺、建于宋朝的千佛塔、建于明代的玄真观等景观。

龙湾区代表性民歌《龙湾山歌》

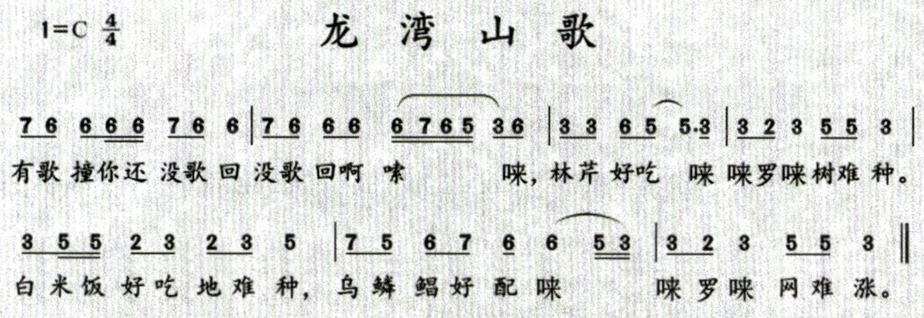

龙湾山歌

1=C $\frac{4}{4}$

76 666 76 6 | 76 66 6765 36 | 33 65 5.3 | 32 3 55 3 |

有歌 撞你还 没歌 回 没歌 回啊 嗦 唻，林芹 好吃 唻 唻罗唻树难 种。

3 55 23 23 5 | 75 67 6 6 53 | 32 3 55 3 ‖

白 米饭 好吃 地难 种，乌鲽 鲳好 配 唻 唻 罗唻 网难 涨。

《龙湾山歌》是龙湾区撞歌的代表作之一。龙湾撞歌形成于明代，流行于农村，盛行于上世纪20—60年代，温州撞歌现今以龙湾撞歌最具代表性。当时，龙湾农村的孩子常常会到郊外放牛，他们边牧牛，边歌唱。“撞歌撞，撞歌撞，撞歌撞着放牛郎”，两边歌者一唱一答，唱者出题，对者巧妙回答，饶有趣味。因此，龙湾民间音乐基本曲调从放牛娃的撞歌中得到启发，唱撞歌逐渐成为当地自娱自乐的业余文化生活内容，其曲调多为温州地区常见的“山歌调”，歌曲内容有唱生活趣事的，也有唱一些传说故事的，种类繁多。

歌曲小知识

林芹

即林檎，又名花红、沙果，中国特有植物，酸甜可口，生吃味道像苹果，最大的特点就是个头小，就连其中最大的龙冠品种也比不过一般苹果的三分之一大。

乌鳞鲳

即鲳鱼，鱼身扁平，状似菱形，土话说“鲳鱼直进”，表达的是鲳鱼的脾气直来直往，就算遇到渔网的阻拦也绝不退缩，它一直往渔网里钻，直到渔网收拢，便全部落网。

郊外，牛儿悠闲地在吃草，牧童们或坐在牛背，或坐在小山头，或坐在小河边，手拿棒老丝儿（牧童赶牛用的鞭子）互唱撞歌。于是，撞歌就戏剧般地开始了……

风景名胜

永昌堡

位于温州市龙湾区永中街道，始建于明嘉靖三十七年（1558），现为全国重点文物保护单位，浙江省国防教育基地，浙江省爱国主义教育基地，浙江省“东海文化明珠”，温州市未成年人思想道德建设阵地，以其内在的爱国主义精神吸引着各地的旅游爱好者。

瑶溪

瑶溪因溪而得名，张璁曾赞为“溪石皆玉色”，故名为瑶溪，被誉为“桃源仙境”，是浙江省级风景名胜区。瑶溪以“张璁文化”闻名，景区内有唐代的国安寺、宋代的千佛塔、明代的贞义书院等。其水体景观丰富多彩，美丽的自然风光与人文英华融为一体，是温州历史文化名胜荟萃之地。

小贴士

张阁老的传说

张阁老是张璁的俗称。张璁（1475—1539），字秉用，号罗峰，温州市龙湾区永强三都人。因他当过明朝的内阁首辅，所以温州民间都称他为“张阁老”。张阁老在温州民间有很多轶闻、掌故、故事，经老百姓口耳相传，逐渐形成如今的民间口头文学《张阁老传说》。他的故事经久不衰，是温州民间口头文学宝库中的瑰宝。

传说张阁老是一位爱憎分明、菩萨心肠的“好心人”。在《张阁老传说》中，有讲述他少有大志、聪颖博学的，如《罚跪吟诗》《少年苦读》；有讲述他品德高尚、嫉恶如仇的，如《水獭精伴读》《严惩门生》；还有讲述他的乡情、亲情，如《三个瓯柑》《芭蕉袍》《王朋竹卖杨梅干》等。张阁老是个地道的温州人，他胸怀大志，坚强不屈，勇于改革，注重乡情、亲情的形象，正是温州人奋发向上、敢为人先、“抱团”互助、自强不息的典型代表。

灵昆岛

位于瓯江入海口，陆地面积约二十五平方公里，是浙江省两个河口冲积岛之一，滨海型旅游度假区。岛屿平坦开阔，绿树成荫，具有浓郁的田园风光气息，“沙洲绿树，江海一色”的景观特色。

音乐课程教学建议

教学目标

一、学唱龙湾民歌《龙湾山歌》，并尝试用方言演唱。

二、了解龙湾撞歌及其特点，通过情景表演等形式，感受龙湾撞歌的巧妙与风趣。

三、了解龙湾相关民俗风情及风景名胜，增进对家乡的了解。

教学建议

一、导入

1. 结合PPT，通过教师对于龙湾地区名胜风景及民俗风情的介绍，带孩子们“走进”龙湾。

2. 教师导入：你听，有人在山头唱歌，你能听出来他都唱了些什么吗？（如有条件，可播放《龙湾山歌》相关演唱视频、音频，或可由教师进行演唱。）

3. 教师介绍龙湾撞歌的特点及表演形式。

二、歌曲学唱

1. 教师出示歌谱，可结合相关图片逐一讲解歌词，以增进学生对歌曲的理解。

2. 教唱歌曲。教师可运用模唱法、跟唱法等教学方法进行歌曲教学，重点引导学生掌握一字多音处的准确演唱。

三、拓展延伸

有条件的话，课前准备“棒老丝儿”、牧童服饰等带有牧童放牛元素的道具，可邀请个别学生或分组进行表演唱，引导学生尝试用众唱众和、一唱众和等形式进行演唱。

瓯海篇

梅雨潭

［宋］林石

去夏曾同潭上游，荫松坐石濯清流。
论文声杂飞泉响，话道心齐邃谷幽。
盛暑忽思寻旧好，烦襟顿觉似新秋。
也知关决多余暇，能更重为胜赏不。

瓯海，是温州的“山水精华”之所在，有泽雅国家AAAA级旅游景区、仙岩国家AAA级旅游景区，是“中国瓯柑之乡”“中国杨梅之乡”。丽岙、仙岩的侨文化，与陈傅良、朱自清、弘一法师等文化名人留下的历史遗迹交相辉映。

古时候，瓯海属“瓯地”，在《山海经·海内南经》中有“瓯居海中”的记载，瓯海之名由此而来。

小贴士

二月初一会市

每年农历二月初一到二月初五，百年古镇瞿溪镇的老街便会如火如荼地开展有着两百多年历史的“二月初一会市”活动。老街上人山人海，热闹非凡！瞿溪会市现已是浙南地区规模最大的传统会市之一，并被列入温州市非物质文化遗产名录。瞿溪会市让我们领略到温州非遗的独特魅力和温州的淳朴民风。

瓯海区代表性民歌《瓯海撞歌》

1=^{b}B $\frac{4}{4}$

瓯海撞歌

5 35 3 3 | 32 1 2 - | 3 23 2 1 | 65 6 5 - | 5 56 1 12 |

天地 人和 大 罗山， 人面 桃花 三 垟湾。 杨梅 酸甜

3 1 21 6 | 3 6 56 53 | 5 - - 3 | 2 11 65 6 | 5 - - - ‖

红茶山 啰。泽雅水 清 清 爽心么游 仙 岩。

温州市非物质文化遗产项目——瓯海撞歌，深深地植根于瓯越传统文化的沃土之中，广受人们的喜爱。本书选取的《瓯海撞歌》，为单乐段曲式结构，中速，节奏平稳规整，大气又不失活泼。虽然整首歌曲只有短短五句，却涵盖了瓯海区的名胜风景及特产美味等，语言质朴风趣，呈现出瓯海民众豪爽大气、乐观开朗的性格。

歌曲小知识

大罗山

为龙湾、瓯海、瑞安2区1市共辖，由四景一水网构成。古名“泉山”，南宋郑缉之所著的《永嘉郡记》记载：“山北有泉，众泉枯竭，此泉不干，故以名。”南北朝刘宋时期的陈傅良曾在大罗山西麓创建仙岩书院，孕育了与当时朱熹、陆九渊创立的学派鼎足而立的三大学派之一的“永嘉学派”。

龙脊，位于大罗山景区中心，因其酷似巨龙的脊骨而得名，其形成距今约有1.2亿年。

仙岩

位于大罗山西麓，素有“九狮一象之奇，五潭二井之秀”的美誉，以奇山怪石、连泉叠瀑、碧潭绿井、天然楼洞、古木茶花等奇特景观闻名，被评为浙江省首批风景名胜区。

梅雨潭，仙岩著名景点之一，现代著名文学家朱自清也曾感叹梅雨潭的美丽，为其撰写散文——《绿》。

茶山风景区

位于大罗山西北，温州乐园、五美园景区、温州高教园区皆坐落于此。茶山山清水秀，盛产杨梅，被誉为“杨梅之乡”。

风景名胜

泽雅

即温州话“寨下”音译而来，位于瓯海区西部泽雅镇境内。素以群瀑、碧潭、幽峡为特色，有七瀑涧、金坑峡、高山角、泽雅湖、西山、龙溪、崎云、五凤八大景区，景点多达200多处。

四连碓造纸作坊

四连碓造纸作坊位于泽雅镇，建于明朝初年，水渠长约230米，顺流分4级水碓，可反复利用水力资源，故名“四连碓”。2001年被列为全国重点文物保护单位。

泽雅也被称做“纸山”，是中国古代造纸术的“活化石”。

音乐课程教学建议

教学目标

一、学唱瓯海民歌《瓯海撞歌》，并尝试用方言演唱。

二、通过“游”瓯海、“唱”瓯海和“爱”瓯海，了解瓯海的风景名胜、民情风俗和瓯海撞歌的特点，感受瓯海的美。

教学建议

一、“游”瓯海

课前学生分组，并布置任务：以大罗山、三垟湾、茶山、泽雅、仙岩等瓯海景区为主题，各自选择心仪主题，查找资料、制作 PPT，推选一名“小导游”，为同学们介绍相关经典的特色和背后故事。

二、“唱”瓯海

1. 教师演唱《瓯海撞歌》，并提问：小导游的介绍太精彩了，不禁让我想起了一首歌，同学们仔细听，我都唱到了哪些风景？

2. 分句学唱曲谱，感受歌曲特点。根据学生的回答，教师出示相应乐句的曲谱，指导学生学唱。

3. 教师介绍瓯海撞歌及其特点。

4. 加入歌词，整合歌曲。教师可结合瓯海撞歌的特点，通过对唱、听唱、模唱等方法进行歌曲教学，重点指导一字多音处的演唱，特别是这一小节的|$\underset{清}{\dot{5}}$ - - $\dot{3}$|音准、节奏的把握。

三、“爱”瓯海

在《瓯海撞歌》中，人们领略到了瓯海的美和民众乐观开朗的性格，你还知道有关瓯海的哪些风景名胜？试着把它唱进《瓯海撞歌》里吧！

洞头篇

游洞头

[清]王步霄

苍江几度变桑田，海外桃源别有天。

云满碧山花满谷，此间小住亦神仙。

洞头，由103个岛屿和259座岛礁组成，气候宜人，四季如春，集绝壁奇礁、渔乡风情、海上运动为一体，是海滨旅游度假胜地。

小贴士

洞头传说

在很久很久以前，洞头还是一座无名岛，有一艘海船行至此处，船员们想知道这座岛究竟有多大，有没有避风港，于是，他们开始绕岛观察。行船期间，一个船员打水洗碗，不小心弄断了绳子，一个盘斗就被湾流带到崖边的洞里。当船行驶到岛的另一边时，一个眼尖的船员叫了起来。“快看，盘斗，盘斗！”大家把那只盘斗捞起一看，嗨，真是奇了，正是先前被流水冲入洞中的那只，原来这边的洞和那边的洞是相通的。于是，掉盘斗的那个地方被叫作洞头，拾盘斗的地方叫作洞尾，慢慢地，这一整片海域，都被叫作了洞头。

洞头区代表性民歌《渔歌对唱》

渔 歌 对 唱

1=F 4/4 3/4

洞头民歌

```
6 1  2 3  3 - | 2 3 2  1 - | 2 3  2 1 2  2 - | 1 2  1 1  1 - |
甲:什 么 出 世     直 溜 溜 啰?   什 么 出 世     两 条 须 啰?
甲:什 么 出 世     直 头 进 啰?   什 么 出 世     无 眼 珠 啰?

6 1  2 3  3 - | 2 3 2  1 - | 2 3  2 1 2  2 - | 1 2  1 1  1 - :||
乙:鳗 鱼 出 世     直 溜 溜 啰,   目 鱼 出 世     两 条 须 啰!
乙:鲳 鱼 出 世     直 头 进 啰,   海 蜇 出 世     无 眼 珠 啰!
```

在海岛洞头，下海打渔是最常见的生产活动，打渔时唱渔歌是渔民们最开心的时刻。

《渔歌对唱》这首渔歌在洞头流传了上百年，通过口头传唱的形式得以保存至今。歌曲采用一问一答的形式进行对唱，内容涵盖了很多打渔知识，描绘了渔家欢乐的劳动情景，具有鲜明的海岛特色和地域风格。此歌曾在全国获奖，并收入《优秀民间歌曲集》。

歌曲小知识

目鱼

当地人将墨鱼称为目鱼。共有10条触腕，其中1对特别长，专门用来捕捉食物，体内有墨囊，遇到敌害时，会从墨囊里喷出墨汁，就像释放的烟幕弹，迷惑对方，然后逃之夭夭。

鳗鱼

是一种外形像蛇的鱼类，具有鱼的基本特征。

海蜇

亦称水母，体形像一把雨伞，脑袋像馒头，通常直径达50厘米，最大可达约1.5米。海蜇有许多触手，上面布满了刺细胞，它身上附着海蜇虾，海蜇没有眼睛，就是靠这种虾和触手来感知周围环境。

风景名胜

望海楼

国家AAAA级景区，位于海拔227米的烟墩山巅，始建于公元434年，距今已将近1600年，是洞头最主要的景点之一，被誉为“气吞吴越三千里，名贯东南第一楼”。现在的望海楼系2007年重建。2012年11月，望海楼加入中国名楼协会。

半屏山

也称半屏岛、半面山，即温州东雁荡山，是洞头主要旅游景点之一，被誉为“神州海上第一屏”。民歌中：“半屏山，半屏山，一半在台湾，一半在大陆”，大陆半屏山指的就是这里。

仙叠岩风景区

位于洞头岛东南部，共有仙叠岩山石揽胜区、南炮台山靶场、大沙岙海滨浴场等大小景点30余处。素以危石层叠，险峻多姿闻名，是听涛、观海、冲浪、赏石及沙滩浴的绝佳去处。

小贴士

巾帼海霞 战旗猎猎

洞头列岛，是我国东南沿海重要的国防屏障。解放前夕，洞头岛是国民党、渔霸、土匪的地盘，渔民出海都要过“三关”——牌照关、海匪关和风浪关。“东海水，水连天，人民生活苦黄连，脚踏船板三分命，十家九户断炊烟”便是洞头旧社会生活的真实写照。在贫苦和混乱的社会环境中，渔家姑娘对解放充满了向往。

新中国成立后，1960年6月，成立了“北沙女子民兵连”。1962年夏天，为了粉碎国民党军窜犯大陆的阴谋，在连长汪月霞带领下，女子民兵连和驻岛部队一起风餐露宿，挖堑壕，做掩体，以超越常人的毅力，用青春和热血为保卫与建设海岛作出了巨大贡献。

1966年4月，长篇小说《海岛女民兵》的出版引起了全国轰动。1975年8月，根据小说改编的电影《海霞》公映后，更是让洞头先锋女子民兵连声名大振。

洞头女子民兵连纪念馆

音乐课程教学建议

教学目标

一、学唱洞头民歌《渔歌对唱》，并尝试用方言演唱。

二、了解歌曲中出现的打渔知识，并通过一问一答的形式进行《渔歌对唱》，感受渔家欢乐的情景。

三、了解洞头的历史背景、民俗风情、风景名胜及特产海鲜，感受洞头的美。

教学建议

一、导入

1. 以图片或视频形式展示洞头魅力风景，并介绍历史故事及风景名胜。

2. 教师导语：洞头既然是海岛，就有渔民。下海打鱼是洞头渔民司空见惯的生产活动，而打鱼时自然少不了唱渔歌。今天老师给大家带来一首洞头民歌《渔歌对唱》，看看大家都听出了哪些海洋生物呢？

3. 教师表演《渔歌对唱》。

二、歌曲学唱

1. 学生回答听到的内容，教师相机出示歌曲中出现的鱼类图片并介绍相关小知识，再学唱相关乐句，引导学生熟悉歌曲。

2. 出示歌谱，引导学生观察并找出歌曲特点（问、答旋律相同）。

3. 教师介绍渔歌及其特点。

4. 视唱曲谱。教师可结合渔歌演唱特点，运用模唱法进行曲谱教学，引导学生关注并准确掌握XXX- 这一节奏类型，以及 |2 3 2 1 - | 和 |2 3 2 1 2 2 - | 两小节的节奏和音准并演唱。

5. 加入歌词，整合歌曲。

三、拓展延伸

如有条件，事先准备具有渔民特色的相关服饰、道具，可以分组或推选的形式进行表演唱，激发学生自主即兴创编歌词、表演现场版洞头民歌《渔歌对唱》。

乐清篇

接客僧

[现代]沈雁冰

雁荡应名是若山，山水奇秀人称赞。

赞美石僧勤接客，客游雁荡乐忘返。

乐[yuè]清，位于瓯江口北岸，历史悠久，经济发达。南部的柳市为中国著名的低压电器之都，温台模式发源地。北部的雁荡山是中国十大名山之一，为国家首批AAAAA级旅游景区，获“世界地质公园”称号。

小贴士

乐清传说

乐清，意为“乐音清和”，名字美丽且富有诗意。相传王子晋因为爱民向周灵王直言进谏，惹怒了灵王而被废为庶人，后得道成仙，骑着白鹤，吹着笙箫，仙游三山五岳。王子晋曾在乐清箫台山顶垒石弄箫奏乐，引来群鹤飞舞，又在箫台山下溪泉中沐箫，兴尽跨鹤离去。因此，乐清最早叫“乐成”，“乐”读“yuè”，即音乐之意；“成”是古代的一个音乐术语，意为乐章。直到公元908年，为避梁太祖朱温父亲朱诚的名讳，吴越王钱镠上奏朝廷，要求将“乐成”改为“乐清”，“清”与“浊”相对，是“清越”“高”的意思，也跟音乐有关。目前，地名与音乐有关系的县级市，全国只有乐清一个。

乐清市代表性民歌《对鸟》

对　　鸟

1=C $\frac{2}{4}$

节奏自由，田歌风

乐清山歌

介姆飞过　青又　青　哎？　　介姆飞过　打　铜　铃　呵？

介姆　飞过红夹　绿？　介姆飞过　抹把胭脂　搽嘴　唇　呵？

青翠飞过　青又　青　哎　　白鸽　飞过　打　铜　铃　呵，

天主鸟　飞过红夹　绿　呵长尾　巴丁　飞过　抹把胭脂　搽　嘴　唇　呵。

雁荡山麓，群山环绕，百鸟争鸣，孩子们在山林里放牧、砍柴劳作时，互猜鸟名作乐，放声对唱，《对鸟》由此产生。《对鸟》作为乐清民歌中的经典之作，早已驰誉海内外。1989年，《对鸟》被联合国教科文组织定为亚太地区民歌教材，现已被联合国教科文组织收录进世界非物质文化遗产名录。

歌曲《对鸟》是乐清民间所说的抛歌之一，表现的是两组村童簇拥着各自的领头人，相互对歌赛智的生动情景。全曲旋律优美动人，共由两段歌词组成，语调真切自然，以分节歌形式呈现。第一段提问，第二段回答。四个问句均以“介姆飞过”打头（“介姆”是乐清方言“什么”的意思），四个答句则以同样的曲调来回答，但曲式更加灵活，如提高音域，增加音程的跳动等，将孩童问答时机敏、紧张的神态展现得淋漓尽致！

歌曲小知识

“青翠飞过青又青”

“青翠”指翠鸟。因其背部和面部的羽毛翠蓝发亮而得名。

“白鸽飞过打铜铃”

鸽子的鸣声是很短促的“咕咕咕”声，并不是这首歌里所说的像铜铃摇响，但是为什么要说它“打铜铃”呢？因为，在以前信鸽的脚上总是拴系着一枚小小的铜管，这种铜管形状比子弹壳还小些，用以藏匿信件，鸽子在飞翔时铜管就会向下悬垂，看上去像一只小铜铃，因此便有了“打铜铃”之说。

“天主鸟飞过红夹绿”

“天主鸟”指雉鸡，别名野鸡、山鸡、环颈雉等。体形与鸡相似，善走而不能久飞。雌雄雉鸡在体形和羽色上有很大不同。雌性毛色暗淡，尾巴较短。雄性尾巴则较长，毛色五彩斑斓，其前额和上嘴以黑色打底，隐隐泛着蓝绿色光泽，头顶棕褐色，眉纹白色，眼周的皮肤为绯红色，“红夹绿”由此而来。

“长尾巴丁飞过抹把胭脂搽嘴唇”

“长尾巴丁”即红嘴蓝鹊，俗称长尾山鸡、长尾山鹊。它最大的特征就是尾巴十分长，占身体总长度的百分之六十以上，从天空飞过时，尾巴呈八字形，如舰船驶过后的湖面水波荡漾，煞是好看！它的嘴呈猩红色，十分醒目，就像女人搽了红唇膏似的，因而有“抹把胭脂搽嘴唇”的说法。

风景名胜

雁荡山

据《载敬堂集》记载，雁荡山以瓯江自然断裂，分为北雁荡山和南雁荡山。以景观所处区位分，则有北雁荡山（乐清）、南雁荡山（平阳）、西雁荡山（瓯海泽雅）、东雁荡山（洞头半屏山）、中雁荡山（乐清白石）。人们通常所说的雁荡山指的则是北雁荡山。

北雁荡山

北雁荡山位于乐清东北部，以山水奇秀闻名，被誉为中国“东南第一山”，中国十大名山之一，首批国家AAAAA级旅游景区。因其山顶上有个湖，四周长满了芦苇，是南归秋雁最喜欢的栖息地，故而取名为“雁荡”。1982年被列为首批国家重点风景名胜区，1999年荣获“国家文明风景名胜区”称号，2005年2月被联合国教科文组织列为世界地质公园。

大龙湫

为北雁荡山著名景点之一，以奇峰、巨嶂、飞瀑取胜，是中国瀑布之最，有“天下第一瀑”的美誉。

中雁荡山

原名白石山，位于乐清西南部。岩石几乎为纯白色，四面断崖绝壁环绕，北边高南边低，地貌奇特，有玉甑、西漈等七大景区，共300多处景点，是浙江十佳避暑胜地之一。

音乐课程教学建议

教学目标

一、学唱乐清民歌《对鸟》，并尝试用方言演唱。

二、了解乐清抛歌及其特点，通过情景表演等形式感受乐清抛歌的魅力。

三、了解乐清的风景名胜、乐清民歌《对鸟》的背景以及歌曲中出现的鸟类知识，感受乐清的美好，激发学生保护大自然的情感。

教学建议

一、导入

1. 教师可结合视频、图片等多媒体，为学生介绍乐清传说及其风景名胜，感受大自然赐予乐清的美好。

2. 教师演唱乐清民歌《对鸟》，并提问：在乐清这片美丽的山林中还生活着一些可爱的小动物，它们藏在老师的歌声中，同学们试着听出它们都是什么？

3. 教师点题并介绍《对鸟》的影响及发展，并讲解乐清抛歌及特点。

二、熟悉歌曲

1. 学生再次听教师演唱，教师提问：歌曲中都唱到了哪些鸟类？

2. 学生回答，老师相机出示相应鸟儿的图片并作介绍。在讲解的同时不断地用歌声对学生进行提问，引导学生用相同旋律进行回答。

三、歌曲学唱

1. 出示完整歌谱，引导学生聆听、观察歌曲的特点，并试着说一说。

2. 视唱曲谱。教师可运用听唱法、模唱法等教学方法进行曲谱教学。重点指导学生准确掌握 0XX、XX.、XXX 这几种节奏在歌曲中的演唱，以及装饰音、几处大跳音程的音准。

3. 加入歌词，整合歌曲。

四、拓展延伸

将学生分组，进行现场版抛歌《对鸟》的表演，可引导学生尝试加入一些小乐器为歌曲即兴创编伴奏。

瑞安篇

泛瑞安江风涛贴然

［宋］陆游

俯仰两青空，舟行明镜中。
蓬莱定不远，正要一帆风。

瑞安，位于中国黄金海岸线中段，地处上海经济区和厦漳泉金三角之间，是中国综合经济实力百强县（市）之一、浙江省小康县（市）、浙江省重要的现代工贸城市和历史文化名城。

清代嘉庆《瑞安县志》上记载："天复二年，有白乌栖县之集云阁，以为祥瑞，更名瑞安。"

小贴士

瑞安，鼓词之乡

著名鼓词艺术家陈忠达

温州鼓词发源于"鼓词之乡"——温州瑞安，故亦称瑞安鼓词，俗称"唱词""门头敲"，因过去的艺人多为盲人，故又称为"瞽词"或"盲词"。它用瑞安方言表演，具有浓厚的地方色彩和独特的艺术风格，在清代中期已见流传。它是流传在温州地区属大鼓类的民间说唱艺术，是华东和浙江省民间曲艺的主要曲种之一，素有"浙北评弹，浙南鼓词"的美誉，是温州及浙南群众喜闻乐见的曲艺艺术。2006年5月20日，经国务院批准，瑞安鼓词列入第一批国家级非物质文化遗产名录。

瑞安市代表性民歌《飞云江里浪花翻》

飞云江里浪花翻

1=C 4/4　　（剖金瓜调）　　瑞安民歌

3 3 2 3 3 2 3 1 2 | 2 5 6 1 - | 3 2 1 2 3 1 2 1 6 5 | 6 6 3 2 - |

瑞安　有条　飞云江（喂那　哉），飞云江里　浪　花　翻，（啊　里山　咋）。

0 3 3 1 2 3 3 1 2 | 1 2 3 3 2 1 2 1 6 5 | 6 6 3 2 - ‖

黄鱼鲜带闪银　光，海湾　真是　金　银　湾（啊　里山　咋）。

《飞云江里浪花翻》为单乐段曲式结构，是典型的“剖金瓜调”，旋律欢快、热烈。唱词为七字句，其中“喂那哉”“啊里山咋”等衬词，有浓厚的地方色彩，给人眼前一亮的感觉，常作帮腔处理。整首歌曲虽只有短短四句歌词，却涵盖了瑞安独有的人文景观及特产，每句最后一字押韵，交相呼应，文字工整，简洁又不失风趣，淋漓尽致地体现了这座城市的文化底蕴和人们对家乡的赞美与喜爱之情！

帮腔——指戏曲演出中，后台或场上的帮唱，用以衬托演员的唱腔，渲染舞台气氛或叙述环境和剧中人的心情。

歌曲小知识

鲜带

就是新鲜的带鱼，又叫刀鱼、裙带、肥带、油带、牙带鱼等，生性凶猛，以毛虾、乌贼及其它小型鱼类为食。它与大黄鱼、小黄鱼及乌贼并称为中国的四大海产。

黄鱼

也叫黄花鱼，生于东海中，因鱼头中有两颗坚硬的石头，故又名石首鱼，食性较杂，主要以鱼虾为食。

瑞安地处东海，海洋水产品丰富。“夏至大烂，黄鱼当饭”“娶亲决着吹打，配饭决着江蟹”“六月鳎，强吃鸭”等俗语就是以前当地水产品丰富的见证。

飞云江

飞云江，古代曾名罗阳江、安阳江、安固江、瑞安江，是浙江省八大水系之一，浙江省第四大河，温州市第二大河。飞云江上的第一座大桥——飞云江大桥，是瑞安的标志性建筑。1989年1月6日正式通车，全桥37孔，长1721米，是当时中国跨度最大的预应力混凝土简支梁桥。

风景名胜

玉海楼

坐落在浙江省瑞安古城东北隅，是中国东南著名的藏书楼之一。由晚清学者孙衣言所建，为其子孙诒让读书之所。1996年，被国务院列为全国重点文物保护单位，是浙江省爱国主义教育基地。郭沫若先生曾为玉海楼题联“玉成桃李、海涌波澜”。

孙诒让（1848—1908），字仲容，中国晚清经学大师、爱国主义者和著名教育家，著有《周礼正义》《墨子间诂》等30多部著作。

寨寮溪风景名胜区

位于浙江省瑞安西部，飞云江中游流域，为国家AAAA级旅游景区。景区内清溪秀谷、潭瀑成串、滩林蜿蜒，美不胜收，具有浙南山村田园风光，并保留许多古刹、旧观、古村落及革命胜迹。

东源木活字印刷术

是我国目前已知唯一保留且仍在使用的木活字印刷技艺，完整地再现了中国古代四大发明之一活字印刷的传统工艺，堪称世界印刷术的“活化石”，是活字印刷术源于中国的最好实物证明。2008年，被列入第二批国家级非物质文化遗产名录。

音乐课程教学建议

教学目标

一、学唱瑞安民歌《飞云江里浪花翻》，并尝试用方言演唱。

二、了解剖金瓜调及其特点，通过情景表演、即兴创编等形式感受剖金瓜调的独到之处。

三、了解瑞安及其传说、风景名胜、飞云江以及飞云江水产品的特点，感受瑞安的文化底蕴和对家乡的赞美之情。

教学建议

一、导入

1. 教师演唱瑞安民歌《飞云江里浪花翻》，并提问：你们知道老师唱的是温州哪个地方的民歌吗？

2. 学生回答，教师点题，并结合图片、视频等多媒体，介绍瑞安及其传说、风景名胜和民俗风情。

二、歌曲学唱

1. 复听歌曲，教师提问：歌曲中都唱了什么内容？

2. 学生回答，教师可结合多媒体重点介绍瑞安飞云江及其水产品的特点，并讲解剖金瓜调及其特点。

3. 曲谱学唱。教师引导学生关注 2、4、7 小节节奏的变化以及音准的把握。

4. 加入歌词，整合歌曲。教师可运用对唱法进行歌曲教学，重点指导休止符、一字多音以及滑音的准确演唱。

三、拓展延伸

教师引导学生分组进行即兴创编、表演现场版瑞安民歌《飞云江里浪花翻》，投票选出最佳组合。

永嘉篇

永嘉

［唐］顾况

东瓯传旧俗，风日江边好。
何处乐神声，夷歌出烟岛。

永嘉县历史悠久，早在汉朝的时候就建有县城，叫“永宁县”，到隋朝的时候改为永嘉县，寓意“水长而美”，与温州市区隔江相望。

永嘉县享有“中国长寿之乡”“中国泵阀之乡”“中国纽扣之都”“中国教玩具之都”的美称哦！

小贴士

永嘉，南戏之乡

南戏被称为“百戏之祖”，是中国最早成熟的戏剧形式之一。因其最初诞生于温州永嘉，故而又称温州杂剧、永嘉杂剧，是一种起源于民间，在温州城市中土生土长的地方杂剧，也是黎民百姓有关善恶爱憎和喜怒哀乐等情感在艺术中的体现。

现今发现最早且保存最完整的中国古代戏曲剧本《张协状元》，被誉为“传奇之祖”的《琵琶记》等南戏作品，均出自温州人之手。

永嘉县代表性民歌《撞歌》

撞　　歌

1=D $\frac{2}{4}$ $\frac{3}{4}$

永嘉民歌

2 2 2 2 | 3 5 3 2 | 2 - | 1 2 1 2 | 1 6 5 | 5 - |

吩 呢 做 巢 做 最 高 哎? 吩 呢 做 巢 做 最 好 啊?

刀 鹰 做 巢 做 最 高 哎! 喜 鹊 做 巢 做 最 好 啊!

6 1 5 6 | 5 6 1 | 2 2 3 6 6 | 6 5 6 | 2 5 5 | 5 - ‖

吩 呢 做 巢 单 边 倒? 吩 呢 做 巢 咪 么 啰 咪 瓦 檐 头 啊?

燕 儿 做 巢 单 边 倒! 唧 儿 做 巢 咪 么 啰 咪 瓦 檐 头 啊!

吩呢——永嘉方言，即“什么”的意思。

永嘉撞歌即山歌，也称牧童对歌，是该县瓯北镇牧童在山上放牛时唱的对歌，用永嘉方言演唱，极具地方特色。常见两班牧童在两山对歌，这山的牧童引逗那山的牧童，一问一答地唱起歌来。牧童间常展开赛唱，总想自己能胜过对方，越唱越有劲，唱得满山歌声翻腾。

有民谚“楠溪的长简，瑞安的鼓，青田的山歌真听苦”，说的便是永嘉道情、瑞安鼓词、青田山歌。山歌最大的韵味便是一个“土”字，即方言土话、常用语、四句头，此歌淋漓尽致地体现了永嘉山歌的这一特点。

歌曲小知识

瓦檐头

瓦檐头即瓦房屋檐的边沿、房檐。

刀鹰巢

刀鹰即老鹰，通常会在高高的悬崖峭壁上筑巢。

喜鹊巢

喜鹊天生便是技艺高超的建筑师，能筑出最大、最坚固的鸟巢。

燕儿巢

燕儿即燕子，燕子在屋檐下靠墙边上筑巢。

唧儿巢

唧儿即麻雀，喜欢在建筑物的缝隙中筑巢。

风景名胜

楠溪江

是国家AAAA级旅游景区，世界地质公园。总面积达600多平方公里，分大楠溪、石桅岩、大若岩、太平岩、岩坦溪、四海山、源头七大景区。800多个景点沿江分布，被誉为“天下第一江”！

石桅岩

位于楠溪江风景区东北部，因酷似船桅，故而得名，也被誉为“浙南天柱”。

龙湾潭

位于楠溪江风景区上游，为国家森林公园，以七瀑七潭奇观闻名。

永嘉书院

位于楠溪江风景区核心区域，是永嘉最大的文化、休闲、观光旅游大型综合体项目基地，浙江省重点文化园区。景区拥有50多处自然与人文景观，其十大景点凤凰渡、快活林、骆驼峰、金珠瀑、洞天一线、天然观景台、天人合一、水心塔、水上舞台、方舟博物馆等自然人文景观，堪称大自然的杰作。

楠溪江的古村落

楠溪江的古村落群是中国四大民居之一，共有200余个大大小小的古村落，被誉为中国乡土文化的史书库。其中最著名的便是岩头、苍坡、芙蓉、蓬溪四个宋村，至今仍保留着比较完整的历史风貌和传统文化遗迹，这不但让人们了解到中国古代社会耕读文化、宗族文化的演变，还感受到村寨建筑艺术的动人魅力，具有非常高的研究和欣赏价值。

丽水街

丽水街水亭祠

芙蓉镇

苍坡古村

岭上人家

位于鹤盛乡岭上村内，房屋均建造在半山腰上。这里背山面溪、山色青翠、空气清新，素有“天然氧吧”之称。据罗川的《金氏总谱》记载，早在明朝嘉靖年间，就有人家在此繁衍生息。岭上人家至今已有400多年的历史，仍旧保留着许多历史古迹。

乌牛早茶

永嘉县著名特产，距今已有300多年栽培历史。“乌牛早”味醇气香、色泽翠绿，为茶中珍品！由于该茶树春分前后就可采摘，比其它品种提早15天左右，故取名为“乌牛早”，并被评为中国国家地理标志产品。

音乐课程教学建议

教学目标

一、学唱永嘉民歌《撞歌》，并尝试用方言演唱。

二、了解永嘉撞歌及其特点，通过情景表演，体验相互赛歌的乐趣。

三、通过了解永嘉的风景名胜、民俗风情以及鸟类小知识，感受永嘉的美，激发保护大自然的情怀。

教学建议

一、导入

1. 师生互动。要求：教师按照永嘉民歌《撞歌》第一段内容，用歌声逐句进行提问，学生可结合生活经验，模仿教师的旋律进行回答。

2. 点题，介绍永嘉的风景名胜、民俗风情和永嘉撞歌。

二、歌曲学唱

1. 视唱曲谱。教师重点指导学生掌握延音、倚音的准确演唱。

2. 教师出示完整歌谱，学生聆听教师完整演唱，思考：歌曲中都是怎么回答的？

3. 根据学生回答，教师出示相应鸟儿的图片并介绍其习性，增进学生对歌曲的理解。

4. 加入歌词，整合歌曲。

三、即兴表演

有条件的话，教师可在课前准备与牧童有关的服饰、道具，邀请个别学生或分组进行演唱。可以是众唱众和，也可以是一唱众和等形式进行表演。

平阳·苍南·龙港篇

登明王峰

［唐］吴畦

明王巀业与天齐，势压诸峰不可梯。
霁雨孤钟云外度，叫霜群雁月中栖。
仰观碧落星辰近，俯视红尘世界低。
七尺灵光双蜡屐，石门金鼎漫留题。

平阳县有1700多年历史，以前叫始阳县，后来改称为罗阳县、横阳县，五代十国时期改名为平阳县。平阳、苍南与龙港原来是一个县即平阳县，是浙江省第二大县，土地总面积相当于瑞安、文成之和，人口占温州地区的三分之一。1981年6月，经国务院批准，将平阳县的宜山、钱库、金乡、灵溪、桥墩、矾山、马站7个区析出，设立苍南县。

平阳县，境内有南雁荡山、南麂列岛、中共浙江省一大会址等旅游景点，素以“物华天宝、文风鼎盛”著称。

苍南县，古为“百越”之地，因地处玉苍山之南，故名苍南。其素有浙江“南大门”之称，拥有别称为“东方夏威夷”的渔寮景区等。

龙港市，作为“中国第一座农民城”，自1984年建镇以来，历经从小渔村到农民城、从农民城到小城市培育、从小城市培育到撤镇设市三次改革的历史性跨越。在本书出版之际，2019年8月16日，经国务院批准，民政部复函浙江省人民政府，同意撤销苍南县龙港镇，设立县级龙港市，由浙江省直辖，温州市代管。

因分县时间短，其传统文化、民俗及民歌本是同根生，故将这三地合并在一起进行介绍。

代表性民歌《卖技》

卖　技

1=D $\frac{2}{4}\frac{3}{4}$　　平阳民歌

稍慢、自由的

5 5 3 1 2 | 3· 2 3 | 1 0 0 1 | 3 2 1 | 3 3 1 1 3 | 2 1 6 | 5 0 6 |

三横 一直么 本 嗳， 是 王 嗳 太公 八十么 遇呀， 文

1 1 6 5 | 5 6 1 | 3 3 3 2 1 6 | 0 3 2 | 2 1 3 3 | 1· 3 6 5 5 | 6 0 ‖

王啊， 秦琼 卖马么 山呀 东 上嗳 四海 之内 访 英 朋！

省级非遗项目——平阳卖技，演员：顾刚玉、肖茂清、丁丁、孙建林

《平阳县志》中记载：“元日之夕，士人连袂入人家，编造俚词高声朗唱，谓之‘卖技’，连三宵而止。”

卖技，是平阳、苍南地区的一种民间口头文学。相传西汉末年王莽篡国，刘秀（即后来的东汉光武帝）流亡民间，逃到平阳时，饥饿难忍，于是编贺词卖唱求乞，百姓赠之年糕，并称之为“卖技”。后来，在民间逐渐演变为一种谋生技艺。

卖技者俗称“技郎”或“卖技先生”，大多是有一点文化的农民。他们日落而唱、日出而息，到一处，唱一行，俗称“唱三十六行”，即兴编唱颂扬吉词，讨要些钱或糕米一类。如到豆腐店，唱词为“豆腐店，有名堂，我把情形说分方，豆子圆圆根又长，出在湖广并襄阳。豆腐渣，阿妈买去养猪娘；豆腐水，阿姐拐去洗衣裳。衣裳洗，雪雪白，随日晒，喷喷香”等。

如今在除夕至正月初五的夜晚，卖技者总会结伴手提灯笼，串家串户演唱，不用乐器伴奏，内容大多为节日喜庆、吉利讨彩等，营造节日的喜庆氛围。2007 年，平阳卖技被列入浙江省非物质文化遗产名录。

歌曲小知识

太公八十辅文王

太公即姜太公，是中国古代杰出的韬略家、军事家与政治家。相传姜子牙72岁时，垂钓于渭水之滨的磻溪，遇到了求贤若渴的周文王，被封为“太师”，称“太公望”，俗称太公。后辅佐武王伐纣灭商，建立周朝，成为周代齐国的始祖，被尊为“百家宗师”。

秦琼卖马

话说隋唐第十七条好汉秦琼，武艺高超，曾在衙门供职。有一次秦琼押送犯人，在与同伴分别时忘了分行李，所带盘缠俱已耗尽，因此在客栈里受到店主冷落，只能典当了兵器金双锏勉强度日。秦琼有一匹好马，是黄骠马，客栈老板暗示他可以卖马换钱。秦琼不忍心看马吃不饱，但自己生活又很窘迫，只好听从。

秦琼在市场上卖马时遇见了一位卖柴的老者，由这位老者介绍到二贤庄，与单二员外单雄信见面。秦琼羞于说出真名实姓，只称姓王，卖马给单雄信后离开，后来单雄信从别人口中获知，卖马的人就是山东济南府的好汉秦琼，便立刻追赶。秦琼只得承认身份，跟单雄信回到二贤庄，单雄信热情招待和照顾秦琼，两人结下深厚友谊，成为莫逆之交。

风景名胜

南麂列岛

位于浙江省鳌江口外30海里的东海，隶属平阳县。中国首批5个海洋类型的自然保护区之一、中国唯一的国家级贝藻类海洋自然保护区，被联合国教科文组织列为世界生物圈保护区网络。南麂历来盛产大黄鱼，1954年被国务院定为大黄鱼产卵场保护区。

南雁荡山

国家AAAA级风景名胜区，位于平阳县西部，共有东西洞、顺溪、明王峰、碧海天城、赤岩山五大景区。素以秀溪、幽洞、奇峰、石堑、银瀑、景岩的“南雁六胜”和“儒、释、道”三教荟萃而闻名。

玉苍山风景区

系南雁荡山的支脉，主峰大玉苍海拔921.5米。山势高峻，林木茂密，以石海奇石、山顶平湖为特色，集奇、幽、秀、野于一体。

渔寮大沙滩

浙江省级AAA级风景名胜区，被称为“东方夏威夷”，位于苍南东南部。总长2000米，宽800米，呈新月形，是我国东南沿海最大的沙滩，可供万人同时入浴，是集避暑、度假、休闲、娱乐为一体的旅游胜地。

音乐课程教学建议

教学目标

一、学唱平阳民歌《卖技》，并尝试用方言演唱。

二、了解平阳、苍南的历史变迁、风景名胜以及民俗风情，感受平阳苍南的魅力。

三、了解平阳卖技及其特点，并通过情景表演体验卖技的精髓与乐趣。

教学建议

一、导入

1. 教师模仿卖技人演唱平阳民歌《卖技》，并提问：老师在做什么？唱了什么内容？

2. 学生回答，教师点题。

3. 教师结合图片、视频等多媒体为学生介绍平阳、苍南的历史变迁，风景名胜以及卖技的历史及其特点。

二、歌曲学唱

1. 教师再次演唱，并提问：歌曲中唱到了哪些典故？

2. 学生回答。可请知道的学生直接进行典故介绍，教师相机补充；如没有，可由教师直接进行介绍。

3. 学唱歌曲。教师可模仿卖技人，以口口相传的形式逐句教唱歌曲。重点指导

61 | 333 216 | 03 (13)2 | 21
秦琼 卖马么 山呀 东 上嗳

此处的演唱，尤其要准确掌握休止符。另外本曲为变拍子，需引导学生感受变拍子的变化特点并指导其准确演唱。

三、拓展延伸

分小组模仿卖技人进行表演唱，鼓励学生自主进行歌词创编，最后可评选出最佳表演组、最佳创意组等，以此激发学生的表演欲。如有条件，教师可在课前准备红烛、糕点、灯笼、鞭炮（音频）等带有卖技元素的道具，以烘托气氛，增强学生对卖技精髓的体验，激发学生保护家乡文化遗产的热情。

文成篇

重游百丈漈观瀑

［明］刘貂

浪滚银河千壑外，被翻赤壁万山巅。

夏日云散漫天雪，冬季雷轰入地泉。

文成县，位于温州市西南部，是温州最重要的生态屏障，森林覆盖率达59.5%之多，被誉为“温州之肺”。境内河流90%流域面积属飞云江水系，是温州市区居民的“大水缸”，享有“山水文成”之美称。2016年被评为国家级生态县，拥有国家级风景名胜区——百丈漈飞云湖、国家级森林公园——铜铃山、国家重点文物保护单位——刘基庙（墓）等。

小贴士

名人逸事

文成县名来自刘基谥号“文成”，取其“经天纬地、立政安民”之意。

刘基，字伯温，文成县人，明朝开国元勋。他曾辅佐朱元璋开创明朝帝国。曾多次被朱元璋称作“吾之子房也”，意为“刘伯温是我的谋士！”中国民间广泛流传着“三分天下诸葛亮，一统江山刘伯温”“前朝军师诸葛亮，后朝军师刘伯温”的说法。刘基以其神机妙算、运筹帷幄闻名。

文成县代表性民歌《歌若唱好有人听》

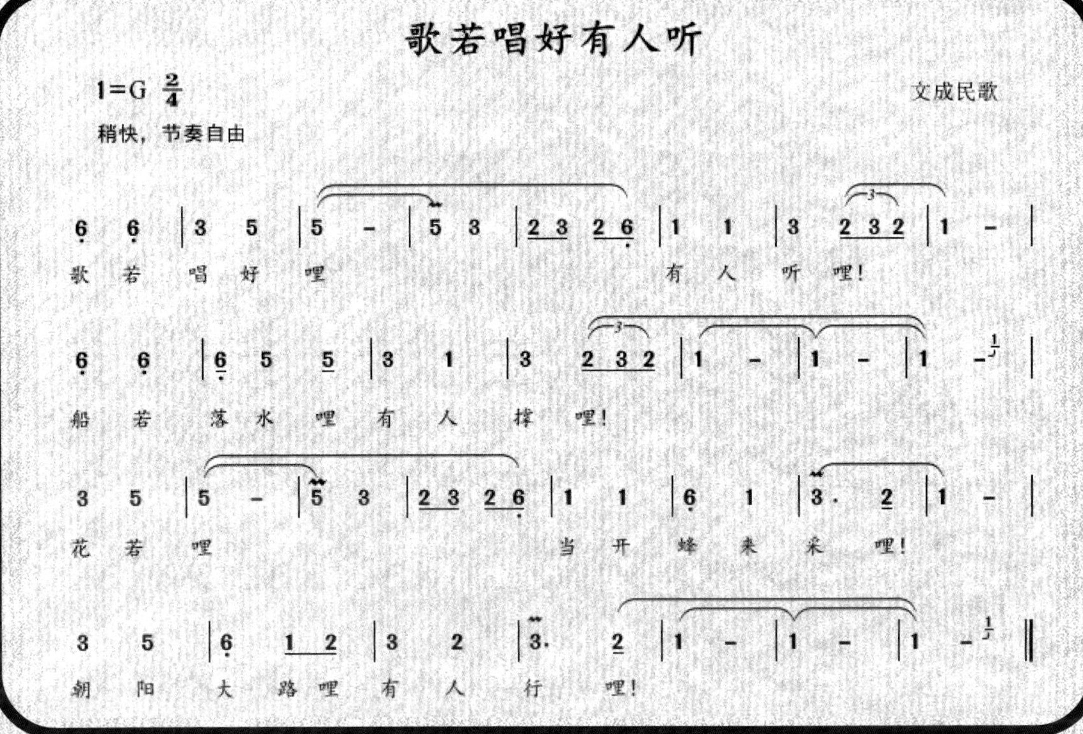

此曲为单乐段曲式结构，五声调式，曲调优美，节奏舒展，演唱时速度较为自由，表达了人们对美好生活的憧憬与愿望。全曲共四个乐句，七字一句，夹有“哩”音衬词，旋律呈波浪状，是一首典型的文成调畲歌。

小贴士

山哈歌言——文成调

畲族人赋予民歌以“歌言”的独特称谓，“山哈歌言”被畲家人视为传家之宝。在数千年的历史长河中，他们用歌记事、斗歌启智。山歌不仅是他们的生活内容，也是他们的民族史诗，其中无伴奏的山歌是畲族人最喜爱的一种民歌方式。畲族民歌七字一句，四句一首，讲究畲语押韵，不少人能即兴编唱，有的歌手能对唱一两夜而不重复。畲歌的内容生动活泼、丰富多彩、题材广泛，唱起来琅琅上口，易学易记。唱时用夹有“哩、罗、啊、依、勒”等音的“假声”唱，有独唱、对唱、齐唱等，很少伴有动作与器乐。

由于地域的特殊性和畲民居住的特点，以及当地方言的影响，畲歌的曲式形态在全国共有八种，和其它各地畲歌相比较，文成畲歌在音调和音域上有其独特之处，是浙江省重要的畲歌调子，被称为“文成调”。

风景名胜

刘伯温故里旅游景区

位于文成县南田镇武阳村，由刘基庙（刘基故里）、百丈漈和安福寺三个核心景点组成，是集历史名人文化、佛教文化、民俗文化、廉政文化、生态文化等多元文化于一体的综合型旅游目的地。

百丈漈景区

是国家AAAA级风景名胜区，位于文成县北部海拔300米至638米的高山之巅，为“V”形深壑巨涧，形成三折瀑布，俗称头漈、二漈、三漈，自古便有“一漈百丈高、二漈百丈深、三漈百丈宽”之说，因三级瀑布高度合计272米，折合鲁班尺100丈盈2米，故得名。2013年被上海大世界吉尼斯总部认证为“中国单体落差最高的瀑布”，同时入选“中国十大名瀑”。

安福寺

安福寺，位于文成天圣山，东有百丈漈，南临浙南最大淡水湖泊飞云湖，西接国家级森林公园铜铃山峡、北靠国家级文物古迹刘基故里，风景秀丽，气候宜人，是文成县县级文物保护单位。

铜铃山国家森林公园

位于文成县西边，由铜铃峡、小瑶池、铜铃寨三大景区组成，因一座巨崖酷似“铜铃”，故而得名。园内森林覆盖率达98.1%，是浙南保存最好的原始阔叶林。其中经过万年激流旋冲而成的“壶穴奇观”最为惊艳，被誉为“华夏一绝”！

文成县还是浙江省少数民族的重点县，其中畲族占绝大多数。

西坑畲族镇

西坑畲族镇是浙江省四个民族镇之一，位于文成县西北山区，是文成县唯一的民族镇。这里有着浓郁的畲族风情，特别是让川村，人文历史悠久，拥有叶氏祠堂、四合院及节孝牌坊等历史古迹。

音乐课程教学建议

教学目标

一、学唱文成民歌《歌若唱好有人听》，并尝试用方言演唱。

二、了解畲歌及其特点，通过情景表演等形式感受畲族人用歌记事、斗歌启智的生活情趣。

三、了解文成的名人逸事、风景名胜以及文成畲族风情，感受文成的独特魅力。

教学建议

一、导入

1. 教师结合视频、图片等多媒体，介绍文成的名人逸事、风景名胜和民俗风情，感受文成的魅力。

2. 教师演唱文成民歌《歌若唱好有人听》，并提问：文成县是浙江省少数民族的重点县，在那里住着许多少数民族。今天，老师为大家带来的就是来自其中一个少数民族的歌曲，仔细感受，你能听出是哪个少数民族的歌吗？

3. 学生回答，教师点题，并介绍文成畲族风情、畲歌及其特点。

二、歌曲学唱

1. 视唱曲谱。教师重点指导学生准确演唱6̣5这一大跳音程的音准以及三连音节奏。

2.加入歌词，整合歌曲。教师重点指导学生演唱时的气息控制；引导学生发现所有衬词“嘿”之间的规律（如一字多音，1、3乐句相同等）并能在演唱中做到“一气呵成”。

三、拓展延伸

分组或自告奋勇表演唱文成民歌《歌若唱好有人听》。教师可鼓励学生尝试进行歌词的即兴创编，体验畲族人用歌记事、斗歌启智的乐趣。如有条件，教师课前准备带有畲族元素的服饰、道具等，以奖励的形式供孩子们轮流穿戴，激发学生的表演兴趣，增进学生对畲族风情的体验与了解。

泰顺篇

长桥夕虹

[清]张天树

凌虚千尺驾飞桥，势控长虹挂碧霄。
返照入川波泛泛，暮云拥树路迢迢。
晴光飘渺岸空阔，石色参差影动摇。
断霭残阳横两岸，苍茫落日见渔樵。

泰顺，位于温州市西南部，拥有国家级自然保护区——乌岩岭、省级自然保护区——承天氡泉等，是国家生态县、国家重点生态功能区，森林覆盖率达76.1%，生态环境状况指数名列全省前列，2018年荣获“中国天然氧吧”称号，同时有“中国古廊桥之乡”和“中国茶叶之乡”的别称。

明代宗赐名“泰顺”，即取“国泰民安、人心归顺”之意。

泰顺县代表性民歌《腊梅开花》

腊梅开花

1=C $\frac{2}{4}$　　　　泰顺民歌

中板

6 5 | 6 5 5 | 1 6 2 3 | 1 1 6 5 | 6 - | 6 1 6 5 | 3 3 0 5 | 6 5 6 |

腊 梅 开 花是 冷 清 清嗳， 大小过 年呀 （嗳）

6 1 6 5 | 3 - | 5 6 1 | 6 5 3 | 5 5 3 2 | 1 1 6 | 5 5 3 | 2 3 2 3 |

大小过 年 新 做 衣 衫(啊) 喜(啊)过 年(咿么)花 飘 带

5 3 6 1 | 5 6 5 3 | 2 3 2 1 | 6 1 3 | 2 0 | 5. 3 | 2 3 2 1 | 6 1 3 | 2 - ‖

金 钗 要(嗳) 插在 两(啊) 边， 嗳 插在 两(啊) 边。

此曲属“八宝灯”音乐，是流行于泰顺的一组民间歌舞曲，相传是二百多年前一位落第秀才所编，原组曲共20多段，《腊梅开花》便是其中最具代表性的一段。腊梅盛开在冬季，预示着新年即将到来，歌曲展现了人们开始做新衣裳、新头饰，准备过新年时兴奋、热闹的情景。“花飘带”是畲族妇女最喜爱的配饰之一。

歌曲小知识

腊梅

腊梅，花期为每年的春节前后。它适用于庭院栽植、古桩盆景、插花与造型艺术，是冬季赏花的理想名贵花木。在百花凋零的隆冬绽蕾，斗寒傲霜，表现了华夏儿女永不屈服的性格，给人以精神的启迪，美的享受。

畲族

起源于广东凤凰山，自称“山哈”，意为居住在山里的客人。泰顺是浙江省畲族人口集居的民族工作重点县，有司前、竹里2个畲族乡镇，在罗阳镇也有白溪、联新等20个畲族村。

花飘带

亦称“合手巾带”，畲族姑娘们喜欢在腰间束一条花腰带，宽4厘米，长1米有余。上面有各种花卉、鸟兽及几何图案，也有绣上“百年好合”“五世其昌”等吉祥语句的，五彩缤纷，十分好看。还有的是用蓝印花布制作，束上它别有一番风韵。

风景名胜

乌岩岭国家级自然保护区

位于泰顺县西北部，因这里的岩石特别乌黑，被人们称为“乌岩林”，后定名“乌岩岭”。这里有许多国家重点保护动物，1994年经国务院正式批准成立国家级自然保护区。

泰顺廊桥

泰顺廊桥在世界桥梁史上堪称一绝，主要指在泰顺保存较好的唐、宋、明、清代的木拱廊桥。泰顺现拥有46座廊桥，其中19座于2005年被列为省级文物保护单位，15座于2008年被列为全国重点文物保护单位。

“廊桥”指的是有屋檐的桥，桥体酷似蜈蚣形体，泰顺人都叫它“蜈蚣桥”。因泰顺地处山区，村落分散，廊桥便成了当地乡民休息、交流、交易的场所。

百家宴

源自泰顺三魁镇张宅村，是一项独特又古老的闹元宵习俗，至今已延续千余年。每到正月十五元宵节，族人们就会相聚在一起同饮团圆酒、商议族事、祈求丰收、祈佑平安。

小贴士

泰顺“三月三”

“三月三”是畲族最重要的传统节日，也称“乌饭节”，在每年农历三月初三举行，人们会去野外踏青、吃乌米饭，以此来缅怀祖先、感恩大自然、交流情感、祈盼美好生活。在泰顺，当天还会在司前畲族镇、竹里畲族乡举行盛大的歌会和精彩的民俗文艺展演，尽显畲乡风情。

相传在唐代，畲族首领雷万兴，领导畲族人民反抗当时的统治阶级，被朝廷军队围困在山上。将士们靠吃一种乌稔果充饥渡过难关，在三月三这天成功突围，此后连战连捷！

畲民为纪念此事，每年农历三月三，家家采集乌饭树叶，取其榨汁，同糯米饭一起蒸煮成乌米饭，全家共餐，馈赠亲友，同时还聚集在一起盘歌，跳舞，共同祭祀祖先。

泰顺“三月三”已被列入浙江省非物质文化遗产代表性项目名录。

音乐课程教学建议

教学目标

一、学唱泰顺民歌《腊梅开花》，并尝试用方言演唱。

二、通过情景表演等形式，感受泰顺人民准备过新年时的热闹情景。

三、了解泰顺的风景名胜、民俗风情，以及泰顺畲族的人文风情，激发学生热爱家乡、传承民俗文化的情怀。

教学建议

一、导入

1. 教师演唱，并提问：老师在演唱时的心情怎么样？正准备干什么？

2. 学生回答，教师点题、介绍歌曲背景，并结合视频、图片等多媒体介绍泰顺的风景名胜、民俗风情。

3. 教师再次演唱，并提问：在歌曲中，泰顺人民过新年时都准备了什么东西？

4. 学生回答，教师逐一介绍歌曲中出现的腊梅、花飘带等（如有条件可出示实物以增进课堂教学效果），在介绍的同时，教师可多次演唱相应乐句，在潜移默化中引导学生熟悉歌曲。.

二、歌曲学唱

1. 视唱曲谱。教师重点指导学生在演唱时的气息控制以及后倚音、休止符的准确演唱，尤其是 6^(i6) 5 |6^(i6) 5 5 |i 6 2 3 |i i 6 5 |6 - | 的演唱。

2. 加入歌词，整合歌曲。教师引导学生用歌声表现出人们准备过新年时愉快的心情。

三、走进泰顺，体验畲族风情

教师导语：歌曲中出现了许多畲族元素的服饰，接下来让我们一起走进泰顺畲族乡村，感受他们特有的人文风情。

1. 教师结合视频、图片等多媒体介绍泰顺畲族。

2. 分组进行表演唱。如有条件，教师课前准备歌曲中出现的腊梅和畲族服饰，增强学生的情景体验。

后记

在本书的整理编写过程中，笔者更加深刻地感受到我国非物质文化遗产的博大精深。与此同时，我们发现很多宝贵的非物质文化遗产正在慢慢流失，有的甚至已经消失，对此深感痛心。这也在无形中给我们的搜集工作增加了非常大的难度，加之时间紧、任务重，可能会有一些遗漏和不足之处，还望读者朋友能来信、来电指正，一起参与到非物质文化遗产的保护与传承中来。

最后附上上世纪 80 年代初温州音乐家、民间文艺工作者们搜集和整理温州地方民歌时的原始资料底稿。正因为他们的默默守护，一些民歌才得以保留至今，同时也为本书的编写提供了宝贵的素材。在此，对他们致以最崇高的敬意！

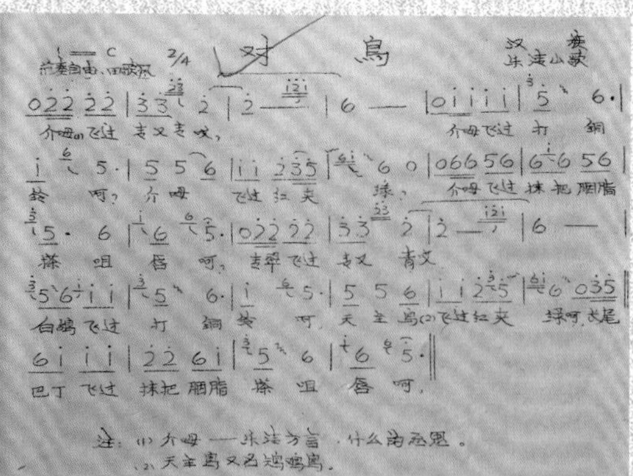

乐清民歌《对鸟》

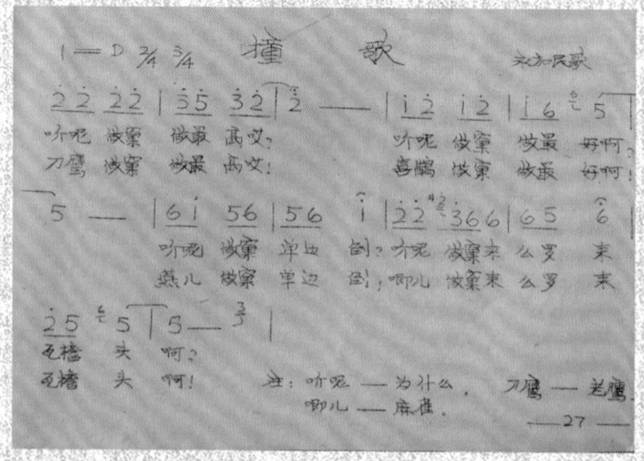

永嘉民歌《撞歌》

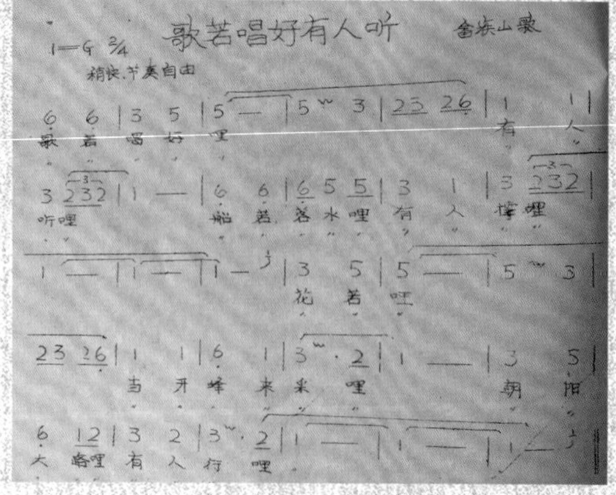

文成民歌《歌若唱好有人听》

泰顺民歌《腊梅开花》

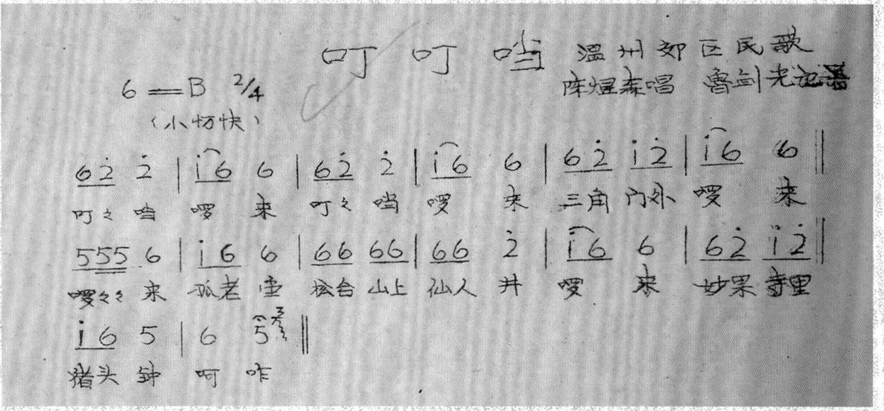

鹿城民歌《叮叮当》

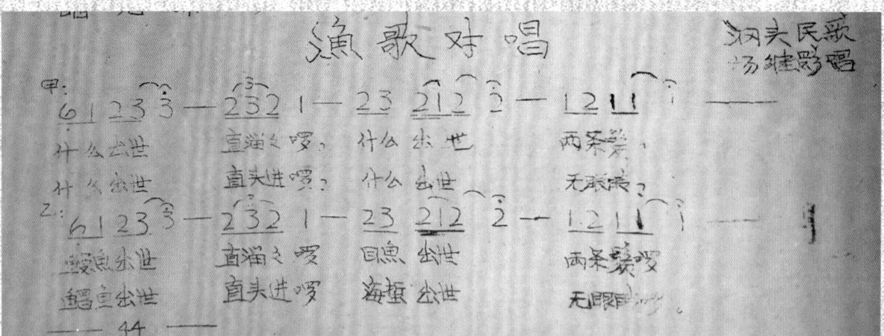

洞头民歌《渔歌对唱》

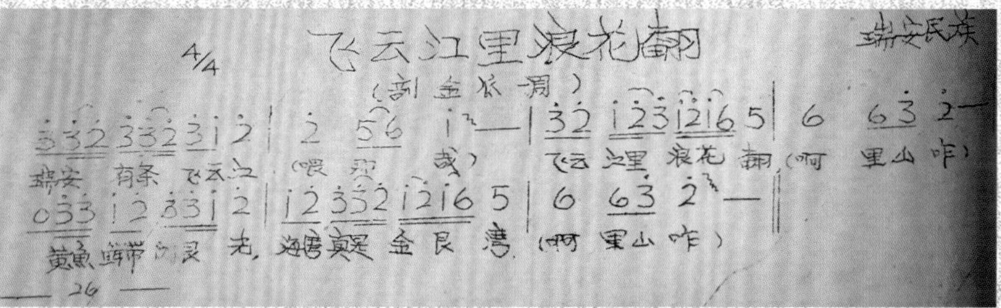

瑞安民歌《飞云江里浪花翻》

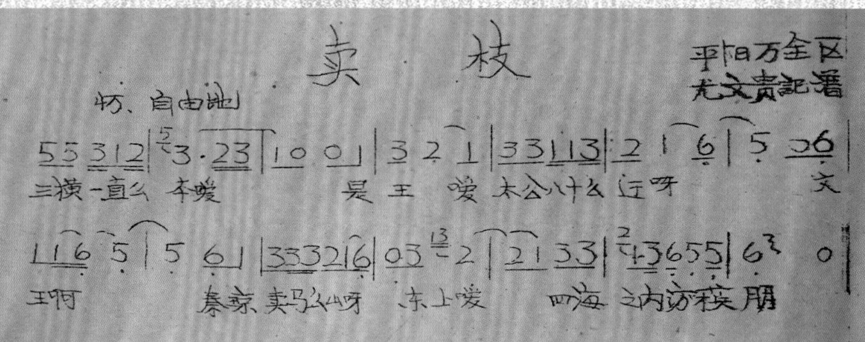

平阳民歌《卖技》